곰탕

수우당 시인선 005
곰탕

2021년 9월 1일 초판 인쇄

지은이 | 김시탁
펴낸이 | 서정모
펴낸곳 | 도서출판 수우당

주 소 | 51516 창원시 성산구 외동반림로 126번길 50
전 화 | 055-263-7365
팩 스 | 055-283-8365
이메일 | dlp1482@hanmail.net
출판등록 | 제567-2018-7호(2018.2.12)

ISBN 979-11-972259-7-0-03810

값 10,000원

수우당 시인선 005

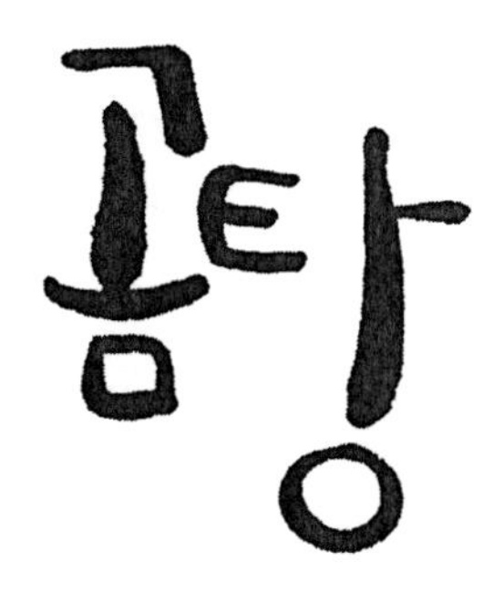

곰탕

김시탁 시집

수우당

| 시인의 말 |

나이 들면 감성의 발색도 퇴색된다
생을 다르게 디자인해도 쉽게 빛나지 않는다
환갑 후의 삶은 부록 같고 별첨 같아 씁쓸하다
종점을 향하는 발걸음은 당당했으면 좋겠다
이제 자신 없을 때는 무엇이든 사랑하자
사랑 없이 보낸 시퍼런 세월의 종아리가 이젠
야위고 가늘지만 그마저 사랑하자
'사랑' 말만 깨물어도 눈물겹지 않은가

차 례

제2부 곰탕

제3부 시집보내지 않겠습니다

제4부 잘 살아줘서 슬프다

해설

제 1 부

아름다운 공존

가로수 죽이기

인도에 걸리고 전깃줄 덮는다고
전기톱으로 가지를 잘랐다
수도관에 닿는다고 뿌리도 잘랐다

자라던 키가 멈추니 서 있기도 버거웠다
상처가 아물면서 온몸이 뒤틀렸다

아! 그런데 백화 식당 아저씨
펄펄 끓는 물을 붓네요 얼른 죽으라고
죽어야 백화 식당 간판 잘 보인다고

상처투성이 벚나무 전신 화상으로
죽어가며 흉터 같은 꽃 피웠네요

그 꽃 배경으로 백화식당 아저씨 셀카 찍네요
씩 웃는 배경으로 가오리 찜 돼지 두루치기
참 먹음직스럽게 잘 나왔네요

가을사랑

여자야 그대를 터치하고 싶어
시퍼런 시간을 발갛게 달구었다
노을이 배경으로 걸리고
억새의 붓질이 시작되면
비로소 나는 고백을 준비한다

낮술에 취한 서산을 데리고
어깨가 시리도록 저녁 강물로 흘러가
물새가 집을 짓는 강기슭에 닿으면
너를 닮은 알 하나 품고 싶다
덧칠해서 덜 마른 사랑 눕혀놓고

강

야위어가는 실개천을 끌어당겨
하지정맥류 종아리로 바다로 가는 맨발의 사내

간격

곡식도 드문드문 심어야
햇살 들고 바람 길 트여
열매 튼실하게 잘 자라서
수확 풍성하다는 걸 농부는 안다

사람도 적당히 떨어져 살아야
서로 부딪치지 않고
좋은 관계를 이어갈 수 있다는 걸
부대껴 살아본 사람은 안다

촘촘히 심는다고 더 거두고
붙어산다고 정 깊은 것 아니다
알맞은 간격과 적당한 거리 사이로
고인 그리움이 출렁대기 때문이다

독백

간격은 아름답고
거리는 외롭다

선은 신선하고
금은 슬프다

바닥은 따뜻하고
밑바닥은 차갑다

때는 냉정하고
제 때에 피는 꽃은 아름답다

가로수 죽이기 2

대패삼겹살 고깃집 간판 가리는
무성한 잎의 가로수 그 혈관으로
기름이 휘발유가 흐른다

뿌리를 통해 몸속으로 들어간다
기계가 뻑뻑하면 기름 치는데
기계도 아닌 나무에 기름 먹인다

대패삼겹살 고깃집 주인 박 씨가 밤중에
땅을 파고 뿌리를 잘라 휘발유 통에 담갔다
그러니 날마다 나무는 기름을 먹는 것이다

몸 안에 기름이 찬 나무는 서서히 죽어갔다
공공근로 요원이 기계톱으로 죽은 나무를 잘랐다
기름을 먹고도 정작 기름기 없이 뼈만 앙상했다

대패삼겹살 고깃집 주인 박 씨 고기 굽는다
불판 위에 지글지글 익는 고기를 먹는 사람들

그 얼굴에 기름기 번지르하다

말의 질감

매끄럽고 반질반질한 말은
사람을 미끄러지게 한다
미끄러져 상처 입는다
습하고 축축한 말은 사람을 적신다
주르륵 눈물이 흐르는 것이다
날카롭고 가시가 있는 말은 사람을 찌른다
찔린 상처는 오래가고 도지기 쉽다
사람의 말에 모가 없었으면 좋겠다
사람을 다치게 하는 흉기가 아니었으면 좋겠다
따뜻하고 포근하게 말이 둥글어서
언제든 편안히 다가갔으면 좋겠다
다가가 가만히 기댈 수 있었으면 좋겠다

봄

필기체의 바람이 불고
말없음표 의문부호로 새싹이
돋는다

기별 없이 대지에 쓴 편지는
수취인 불명으로 돌아와 꽃 진 상처마다
잎이 돋는다

죽죽 지워낸 흔적에도 이름이 있어
초록의 기억에 링거를 달면
입덧 심한 여자가 매운 닭발을 뜯겠다

먹물 번진 하늘에
닭 뼈 같은 초승달 하나 걸어놓고

모과나무 분재

지인이 선물로 놓고 간 모과나무 분재
수령이 십 년 넘었다는데 모과도 달렸네요
베란다에 내다 물 주고 잠들었습니다

밤중에 누가 부르는 소리에 깨어보니
베란다 모과나무 허리 아프다고
팔다리가 쑤시고 저리답니다.

온몸에 칭칭 감긴 철사를 풀어 보니
온통 긁히고 뒤틀리고 잘린 상처투성이
제 몸으로 다른 몸을 만든 모과나무 분재

날이 밝아 정원으로 내다 심는데
툭 모과 하나 떨구네요
얼마나 아팠으면 고통도 굳어서
눈물도 덩어리가 되었을까

아 그때 알았습니다

세상에서 가장 아프다는 말은

그냥 툭

덩어리로 떨구는 눈물이라는 걸

감꽃

콩 콩 콩 콩
떫은 생각도 떨어지는 소리는 맑다

흡 흡 흡 흡
땅이 받는 소리

봄이 오는 소리

유치원 갓 입학한 딸아이
샌들로 마룻바닥 뛰는 소리

한 학기 마친 딸아이
박자 맞춰 두드리는 실로폰 소리

졸업반 딸아이
피리 불며 숨 고르는 소리

부정맥
그렇게 봄은 온다

소리길

해인사 입구 홍류동 계곡
소리가 끌어당기는 길이 있다
마중 나온 소리를 따라 걸어보면
맨발로 뒤따르는 바람이 있고
젖은 부리로 노래하는 새들이 있다

개울물 바위에 등 긁으며 흐르고
뱃살 뺀 햇살이 숲으로 든다
계절마다 화장을 새로 고치고
홍류동 계곡과 어깨를 건 채
시간을 유연하게 구부리는 길이 있다

천천히 걷다가 쉬다가 돌아보면
급하게 달려와 숨이 벅찬 생이 있어
시린 관절을 눕혀놓고 쉬고 싶은 곳
합천군 해인사 홍류동 소리길
가을에는 개울도 발갛게 물이 든다

목련

이 계절에 화가는 왜 손을 떨며
팔레트에 물감을 짜는가
새의 물똥 같은 엷은 미색을
붓끝에 묻히고 있나

어쩌자고 화가는
골수 찬 나무 끝에 점을 찍나
비린내 나는 계절의 등을 밟은 채
설익은 생을 자꾸 매달고 있나

짜 놓은 물감마다 뿌리내리고
목련은 핀다
화가는 나이프로 허공을 베고
장이 탈 난 새들은 배가 아프다

사천 대방진 굴항

밖이 잘 보이는 안이 있다
안을 숨기고 밖을 살피기 좋은 곳
해수의 꼬리가 동그랗게 말린 바다의 자궁
진주목 관하 백성이 돌 둑을 쌓아
왜구의 침입에 대비했던 대방진굴항
그곳에 이백 년이 넘도록 보초를 서 온
척추가 굽은 노병 팽나무가 있다
세상에 소중한 걸 지키기 좋은 공간
물결도 암호를 대고 은밀히 드나들고
햇살도 검문을 받고 슬며시 내려앉는 곳
굽은 수로를 따라 펼쳐지는 넓은 바다
그곳으로 드는 도적을 지킨 대방 선진
이제는 주민들이 정박시킨 선박 위로
관절이 시린 팽나무 그늘만 올라앉아
천식을 앓는 바람에 출렁인다

함안 이수정

– 햇살이 세필로 그린 바람의 자화상

까칠한 맨살의 바람
저 질감은 필시
화가의 솜씨가 아니다

수시로 변하는 풍광도
괴산재 앞마당 뒹구는 낙엽도
단연코 물감의 혈색이 아니다

숙성 잘된 수정과로 계절에 젖 물린 이수정
무진한 저 맛도 결코 사람의 입맛이 아니다

그러니 그냥 묵묵히 걷자
홍예교 지나 영송루 가면 보겠다
햇살이 세필로 그린 바람의 자화상

콰이강의 다리

어느 시인이 말하길 다리를 빨리 건너는 사람은
다리를 외롭게 한다고 했다

사람들이 다리를 천천히 건너서 외롭지 않은 곳
구산면 육지와 저도를 연결한 연륙교 콰이강의 다리

바람이 들어오는 사람의 등을 밀다가
돌아가는 사람은 세차게 가슴을 미는 곳

이쪽에서 건너간 사람들이 저쪽에서 차를 마시고
저쪽에서 만든 사연이 이 쪽 느린 우체통에 들어간다

서로 손을 잡고 스카이워크를 건너온 연인들은
사랑의 열쇠를 채우고 비밀번호를 잊은 채 돌아간다

좋은 추억은 세월을 더디게 건너와도 반가워서
연인들은 다리를 인연으로 읽고 필연이라 말한다

제 2 부

곰탕

곰탕

출근길에 팔순 노모의 전화를 받았다
애비야 곰탕 한 솥 끓여놨는디 우짤끼고
올 거 같으모 비닐 봉다리 여노코
안 올거모 마카 도랑에 쏟아 부삐고

이튿날 승용차로 세 시간을 달려
경북 봉화군 춘양면 본가로 곰탕 가지러 갔다
요 질 큰 기 애비 저 봉다리는 누야 요것은 막내
차 조심혀 잠 오믄 질까 대놓고 눈 좀 부치고

묵처럼 굳은 곰탕을 스티로폼 박스에 담아오는데
세 시간 내내 어머니가 뒷자리에 앉아 계셨다
차가 흔들릴 때마다 씨그륵 씨그륵 곰탕이 울었다
차 앞 유리창이 곰탕 국물 같다

곰탕 2

우리 집 주방에 멧돼지 한 마리 들어왔나
사냥꾼에 쫓기 듯 거친 숨을 몰아 쉰다
푸식 푸식 곰탕 냄비 뚜껑이 춤을 춘다
아내가 또 어딜 가려나보다
나는 아내가 집을 비울 때 끓여놓은 곰탕이 싫다
국물에 말아놓은 고기도 싫은데 며칠씩
부옇게 떠다니는 기름은 무슨 몹쓸 패거리 같아
입안에서 슬그머니 욕이 굴러다니다가 씹힌다
부고 문자를 보다가 국물에 전화기를 빠뜨렸는데
그 기억은 아직도 느끼해서 싫다
굵은소금을 넣어도 느끼해서 자꾸 넣다 보면
한 참 먹는 도중에 녹는 바람에 짜서 또 싫다
곰탕 옆을 지키는 피범벅 깍두기도 싫고
동동 썰어 넣은 대파가 생선 눈깔처럼 시퍼렇게
날을 세워 쳐다보는 것 같아 싫다
짜고 맵고 느끼한 속을 알 수 없어 싫고
국물도 굳어져서 묵묵부답인 저 근성이 싫다
무엇보다도 싫은 건 어딜 간다는 통보를

거친 멧돼지 숨소리로 전하는 아내의 방식이 싫고
그걸 퍼먹으며 까칠한 식욕을 억눌러야 하는
우울한 인내가 싫다
푸식 푸식 푸페 푸페 곰탕 냄비 뚜껑이 춤춘다
나는 멧돼지 숨이 잦을 때까지 기다리고
아내는 서둘러 대문을 나섰다

곰탕 3

속을 부글부글 끓여봐야
뜨거운 맛을 안다

허옇게 토해내는 거품도 더러는
오래 견뎌 낸 생의 눈물 같다는 걸

그 눈물에 입천장 데여보면 안다
뜨거운 맛을 봐야 비로소 인간이 된다는 걸

곰탕 4

곰탕 연작시를 써서 여기저기 발표했더니
곰탕처럼 너무 우려먹는 단다

우려내면 낼수록 깊은 맛을 내니
틀니로도 씹을 수 있게 펄펄 끓이자

맛을 제대로 내었는지 먹어주니 고맙다
깍두기도 더 갖다 주고 국물도 좀 더 부어주자

곰탕 5

곰곰이 생각하며 먹을 거 없다
그냥 먹을지 밥 말아먹을지
헷갈릴 것도 없다

그냥 식기 전에 먹으면 된다
숟가락으로 퍼먹다가 좀 식으면
들이마셔도 된다

생이 힘드냐고 묻지 마라
곰탕 한 그릇 같이하면 된다
허한 속이 든든해지면 된다

참깨

공중 화장실 변기 안에
먼지도 아닌 무슨 씨앗 같은 게
둥둥 떠 있어 자세히 보니
참깨였다

음식물과 함께 씹혀
소화물로 배설되어서도
살아남아 집단 서식하는
끈질긴 생명력

김밥이나 콩나물국
안주로 나온 도토리묵에서도
먹어봐 씹어봐 내가 죽는가
흰자위로 노려보는 저 따가운 눈총

우물

그 사람 우물 맑고 고요하고 깊다
한 사발 퍼마시면 영혼까지 살찔 것 같다

나의 우물은 어떤가
가득 고여서 하늘은 담을 수 있는가
해갈할 사람이 찾아오는가

저마다 우물이 있다
고여있는 감성이 있다
넘치고 흐르는 우물터로 사람들이 몰려든다

물 심이 인심이고 물 길이 순리이다 보니
세상을 제대로 살려면 물맛을 알아야 하는 까닭이다

외등

공간을 휘어서 길을 당겨서
너에게 닿고자 불을 밝힌다
눈먼 사랑 헛발 디딜까 봐
타박타박 오라고 가슴에 단 등
달빛으로 채웠다

먼 데서 오는 사랑아
길목 미리 마중 보낸 마음은
일렁거리는 것도 흔들리는 것도
얼굴 붉게 달아오른 것도 모두
내 고백의 몸짓이다

물 위에 떴거나 나무에 달렸거나
서있거나 누워 있거나 깜박거리거나
심장의 박동은 그리움의 말씀이다
공간을 휘어서 길을 당겨서라도
너에게 닿고 싶어 밤새 환하다

완전한 귀가

성선경 시인과 술 거나하게 취해 택시를 탔다
중간에 나는 내리고 택시는 성 시인을 태우고 갔다
내가 내리며 택시비를 내자 성시인도 나를 보내면서
택시비를 낸다며 지갑을 꺼냈다
그를 태운 택시는 갔고 나는 다른 택시를 타고 왔다
성시인은 택시에 내가 흘린 전화기는 가져가고
자기가 꺼낸 지갑은 두고 내렸다
내 전화번호로 전화를 하자 성 시인의 아내가 받았다
성시인의 아내는 몇 분 뒤 모르는 사람의 전화도 받았다
나는 성 시인의 집에서 전화기를 찾고 성시인은
모르는 사람에게 지갑을 돌려받았다
다음날 성 시인에게서 전화가 왔다
우리 이제 술 그렇게 먹지 말자
잃어버린 지갑이 잃어버린 전화기에 대고 속삭였다
둘 다 가죽옷을 입은 탓인지 훈훈했다

버적버적

첫사랑 소환해서 마주 앉혀놓고
술 한 잔 권했다

침묵의 하중이 빛날 때도 있겠지만
표정관리 와는 별개다

식탁 위에 깍두기 만들다 둔 생무
버적버적 씹었다

이 세상에서 가장 건조하고 서먹한 소리
버적버적

고인 그리움이 숙성되면
낼 수 있는 소리 버적버적

깨는 빼고

누가 우스갯소리니까
그냥 흘러들어도 좋다고 한 말
똥통에 빠져서도 죽지 않는 게 있는데
살아서 둥 둥 자유로운 영혼으로 떠다닌다는데
그게 참깨란다
그걸 건져 올려 식자재 마트나 대중식당
기업체 구내식당 같은 곳에 납품한다는데
그 참깨의 원산지가 똥 통 이란다
아무리 우스갯소리라지만 그 말 듣고 참깨를 먹어
고소하게 바삭바삭 씹을 수 있어
깨는 빼고 제발 깨는 뿌리지 마세요
친구 전화받고 나간 선술집 목탁에 앉아
술잔 주고받는데 이게 왠 일 안주가 도토리묵
묵에도 겉절이에도 눈처럼 하얗게 내린 깨
먹어 안주 좀 먹고 술 마시라는 친구 권유에
나무젓가락으로 묵채를 집어 보지만
미끌미끌한 생각에 자꾸 깨가 묻어
안주 빼고 술만 마시며 묵묵부답

먼바다에서 회귀한 연어처럼 식탁으로 돌아와
집단 서식하며 아무 음식에도 착 달라붙는 근성
나무젓가락도 참 잘 피하는 깨 많은 놈

외등 2

그리운 사람의 등을 돌리려
마음을 태워 등을 밝히면
외사랑 보름달로 매달린다

저리도 고운 이마 가지런한 윗니
찬물에 씻어놓은 바둑알 같은 얼굴
참 환해서 슬픈 외사랑 흔들린다

농부

땅콩 모종을 까치가 파먹었다
다시 심고 그물을 쳤다
까치가 그물만 쳐다보다가 날아갔다

그물 안에서 땅콩이 자랐다
그물 안에서 잡초도 자랐다
시간이 지날수록 잡초가 무성했다

다시 그물을 걷고 잡초를 뽑았다
까치가 떼를 지어 날아왔다
고라니도 잎을 뜯어 먹었다

농부는 밭둑에 앉아 담배를 물고
검정비닐 같은 어둠을 지졌다
가슴속으로 재가 떨어졌다

말 낚시

요즘 말을 낚는 사람들이 있다
물때에 맞춰 자리를 잡고 밑밥을 뿌리는 것이다
잔챙이 말고 큰 놈을 낚기 위해 미끼를 던지고
덥석 물 때를 기다리는 것이다

대어를 낚는다는 건 쉽지 않은 일이다
싱싱하게 살아 퍼덕거리며 비린내를 풍기는 놈을
낚싯대 휘어지도록 낚아 뜰채로 떠 올린다는 건
아무나 하는 일이 아니다

말을 낚기 위해 꾼들이 모여 든다
최첨단 채비를 챙기고 유세장으로 강단으로
말이 떠돌아다니는 곳이면 어김없이 달려간다
낚인 말들은 조간신문이 깔린 식탁에서 요리된다

가시 있고 비늘 거친 말일수록 손맛이 좋고
독 있고 뼈대 굵은 말일수록 입맛이 좋은 법이다
회 쳐 먹고 매운탕 끓여 대가리부터 바작바작 씹으면

소주 한 잔만 털어 넣어도 위장에서는 파도가 친다

말을 낚기 위해 가장 좋은 미끼는
작은 말을 끼워 큰 말을 낚는 것이다
오늘도 낚인 말들이 어망속에서 퍼덕인다
찢어진 아가미에 피를 토하며 허옇게 거품을 물고 있다

슬픔을 이기는 법

슬픔은 방치해서 야위어지는 게 아니다
수분이 빠지고 햇살에 바래도록 밝은 곳에
내다 놓고 마주 보며 자꾸 만지는 것이다
만져서 닳게 하는 것이다

슬픔도 오래 씹어보면 침이 고인다
쓴맛이 엷어지는 것이다
질긴 근육을 씹어 덩어리를 알갱이로
알갱이를 가루로 만드는 것이다

시린 관절을 만져서 풀면 시원하듯
질긴 시간도 주물럭거리면 연해진다
모난 슬픔일수록 만지면 둥글게 된다
물렁해지면 그땐 틀니로도 씹어 삼킬 수 있다

수면내시경

의사가 수면에 취한 환자 입으로 카메라 달린 호수를
넣고 속을 본다
제 속이 아닌 남의 속을 들여다본다

남에게 제 속을 맡겨놓고 수면에 취한 환자는 모른다
뱀 같은 호수가 속을 휘젓고 다니는 데도 모른다
자신도 모르는 자신의 속을 들키고 있다

수면에서 깨어나면 의사에게 물어본다
훤히 들여다본 자기 속이 어떤지
못 볼걸 보거나 어디 탈 난 곳은 없는지

제 3 부

시집보내지않겠습니다

이빨과 충치

밀접한 관계가 있기까지 참 더러운 것들과 난잡하게
놀았다

시간을 잘근잘근 씹으면서도 혀가 욕을 만들면 밖으로
밀어냈다

질긴 것들을 녹인 눈물겨운 노력의 결과로
얻은 훈장 하나 가슴에 달았다

이빨이 이빨을 위로하는 이빨 사이로 나오는 말이 너무
아파서 슬프다

금주 5

하루가너무길다
새벽에목욕가고농장가서잡초뽑고누렁이데리고
뚝길걷고신문보고화단에물주고분리수거하고종
편뉴스무료영화보고밥먹고약먹고똥싸고경제신
문보고친구전화절대로받지않고여기저기연락하
지않고누렁이밥주고똥치우고물주고책읽고글쓰
고낱말퀴즈맞추고택배받고공과금내고하루가정
말너무길다

새벽에목욕가고농장가서또잡초뽑고누렁이데리
고뚝길걷고신문보고또보고또보고하루가너무길
다

화단에물주고분리수거하고종편뉴스무료영화몰
아보고밥먹고약먹고똥싸고경제신문보고친구전
화절대로받지않고여기저기연락안하고누렁이밥
주고똥치우고물주고지방신문보고종편뉴스무료
영화보고책읽고낱말퀴즈맞추고택배보내고또책

읽고낱말퀴즈또맞추고무료영화또보고종편뉴스
재방송보고또보고똥치고하루가너무길어지겹다

했던일또하고했던생각또하고했던말혼자또하고
가뭄든마늘밭에앉아담배피운다비오려나비오려
나비비비오려나설마비올까비내리면좋겠다감자
밭에앉아풀뽑는다둥글둥글한잡념들이쭈욱뽑혔
다시퍼런소줏병이뽑혔다빈병같은바람이불었다

개가 사라졌다

개가 사라졌다
십 년째 할머니가 키우던 개가
목줄만 남겨 놓고 없어졌다
어떻게 된 일인가 누가 끌고 갔을까
할머니 입원 후 한 달 만에 돌아왔고
그동안 옆집에서 개를 보살폈는데
감쪽같이 개가 사라진 것이다
개가 없는 줄 모르는 할머니는
장터 뼈다귀 탕 집에서 저녁 때우며
살이 붙은 뼈다귀를 몽땅 비닐에 넣고
국물에 꾸역꾸역 밥을 말았다
집으로 가는 택시 안 비닐봉지 속에서
달그락거리며 뼈들이 울었다
김이 올라오는 비닐 주둥이를 바짝 잡아채는
할머니의 입 꼬리가 살짝 올라갔다
집에 도착해서 개가 없어졌다는 말을 듣고
할머니는 개집 앞에 털썩 주저앉았다
양은 냄비 밥통의 먹이가 꽁꽁 얼었는데

끼니도 거르고 어디로 갔단 말인가
개가 없는 개집이 너무 초라했다
엎어놓은 플라스틱 물통에 개구멍 하나
뚫어놓은 게 고작이었다
묶어놓아 엉긴 쇠줄이 너무 짧았다
혹독한 겨울 맹추위를 늙은 개는
이 초라한 집에서 버텼구나
주인이 자신을 버렸다고 생각했을까
추위를 더는 이겨내지 못해 도망갔을까
빈 개집 앞에서 할머니는 담배를 물었다
어둠이 꼬리를 흔들며 개집 안으로 기어들었다
그날 밤 동네의 개들이 일제히 짖었지만
할머니의 귀에는 들리지 않았다

금주 6

음식은 천천히 먹어야 한단다
아주 오래 자디잘게 씹어가며
자주 먹어야 소화가 잘된단다

물도 천천히 조금씩 쉬어가며 마셔야
체하지 않는단다

물 한 바가지를 앞에 놓고
소주잔에 부어 허공과 건배하며 마신다

급체하지 않고 소화 잘 되게 조금씩 조금씩
천천히 쉬어가며 마신다
그렇게 마셔보면 물도 취한다

부고

회식 도중 문자로 수신된 부고를 보다가
그만 전화기를 곰탕국물에 빠뜨렸다
얼른 건져서 배터리 분리하고
휴지로 닦고 라이터로 말렸다
확인 못한 메시지가 곰탕을 먹었는지
버튼을 누르면 느끼하고 비릿한 기계음을
트림처럼 내뱉었다
삼가 고인의 명복을 빕니다
새벽 7시 발인 장지는 상복공원
남의 부고를 알리며 전화기는 죽었다
방전된 삶의 영혼과 육체를 분리했다
내일은 전화기부터 살려놓고 문상을 가야겠다
꿈속에 고인이 된 사람과 곰탕을 먹고 있는데
펄펄 끓는 사골 국물 속에서 전화벨이 울렸다

치매

리모컨을 어디에 뒀는지 모르겠다
어제오늘 일들이 분간되지 않는다
기억의 도랑은 가뭄 든 거북이 등이다

왼 손 끝에 침 묻히고
오른손가락으로 신문 넘겼다
이틀 뒤 세탁기 속에서 리모컨을 건졌다

선크림으로 양치하고 마스크 쓴 채
침 뱉었다 치매란다
요양병원 입원동의서에 남편이 서명했다

꽃샘추위 어떻게 견디려고
병실 창가로 자목련 봉오리 맺었다
할머니가 기저귀로 창살을 닦았다

목련 가지 부러지자 덜 익은 생이 툭
떨어졌다 치매도 가슴이 아프냐고

의사가 문진 오면 물어봐야겠다

입원동의서에 서명한 남자는
연락처를 모른다
아이들의 아버지는 그 남자를 알까

건물이 운다

벽이거나 기둥 아니면 창틀인가
요란하게 건물이 운다

시멘트와 철근 골격의 이격인가
딱딱딱 건물이 울고 있다

어딘가 맞지 않는 뒤틀린 곳이 있다
모르는 곳에 상처가 있다

울음 안에서 울음 밖을 본다
건조한 울음을 적시며 비가 내린다

실직

공사장 철근공 박 씨
인력사무소에서 돌아와
콩나물 국밥집에서 국밥 먹는다

깍두기 국물을 국밥에 넣고
소주잔 털어 넣는다
녹물 같다

밖에는 철근 같은 빗줄기
땅바닥에 내리 꽂히고
콩나물을 씹는데 대가리가
못대가리 같다

쓰펄 스펄 욕으로 끓는
뚝배기 속 국밥은 참
더럽게 뜨겁다

뜨거워서 고맙다

금주 7

임영웅이가 양주 한 병을 들고 와서 같이 마시자는데
심수봉이 기타를 치며 백만 송이 술병 백만 송이 술잔 하는데
비가 오면 생각나는 그 사람과 마시고 싶다는데
최백호도 낭만에 대하여 건배하는데
돌아가신 아버지가 사진첩에서 걸어 나오시는데
아 나는 자꾸 몸이 가렵다

코로나 19

너무 활짝 피어 미안한 벚꽃
거친 바람의 겁탈로
집단 낙화한다

감자 씨를 묻고
채마밭에 물주며 생각하니
아무래도 이 봄은 민폐다

와서 미안하고 우울한 계절
우리도 만나지 말자
대문을 걸고 끊은 담배를 잇자

감자는 싹트고 나무 잎 트겠지만
그래도 여자야 제발
사랑한다 하지 마라

봉한 입으로

혼자 견디기

우중충한 하늘을 죽 잡아당겨
락스에 담근 걸레로 벅벅
문질러 닦고 싶은 날이 있다

축축한 생각을 세탁기에 넣고
탈수기로 탈탈 털어
땡볕에 말리고 싶은 때가 있다

날카로운 시간과 뾰족한 생각들로
하루를 온통 후벼 파서 상처 낸 날은
모로 누운 밤도 참 혼탁하다

혼자 견디기 2

올봄엔 꽃도 빨리 져라
실개천도 말라죽고
바람도 미루나무가지에 목 매달아라

해지면 개도 짖지 말고
궁금한 안부나 지워버린 기억도
더듬지 말고 술이나 먹자

올봄엔 전화도 하지 말자
생각을 데워서 열도 내지 말고
시간을 반듯하게 다리지도 말자

잠 안 온다고 시비 걸지 말고
밤중에 일어나 발톱 깎지 마라
창 닫고 서랍도 닫고 가슴도 닫자

시집보내지않겠습니다

사람들이 책을 보내줘도 읽지 않는답니다
아무 책이나 받는 것도 귀찮다는 것이지요
겉만 보고 뜯지도 않고 봉투 채 쌓아두기도 한다네요
그렇게 쌓인 책은 야식 먹을 때 라면 받침대나
바퀴벌레 잡는 도구로 사용하거나 장롱 모서리에 끼여
평생을 썩기도 한답니다
작가는 가슴으로 키운 자식 하나 채비 들여보냈으니
잘살아주길 바랄 텐데 무슨 비참한 운명이란 말입니까
냄비 받침대 밑에서 얼마나 뜨거울까요
바퀴벌레를 놓친 바닥에 맞는 정수리와 뺨은 또 얼마나 아프고
안방 장롱 모서리에 끼여 질식사한들 누가 알기나 할까요
요즘은 둘째만 낳아도 큰돈 준다는데 네 번째 나온 시집
겉봉투를 풀질하다 말고 생각합니다
이 아이를 아무 데나 시집보내면 골병이 들겠구나
차마 그 소릴 듣고 어떻게 내 새낄 사지로 보냅니까

혼자 살아라 먼지 마시며 구석에 있더라도 아비 곁이니
그래도 여기선 아비가 지켜줄 수 있으니까요
잠 좀 잔다 하여 생이 통째로 거덜 나겠습니까
좀 편히 쉬거라 내 피붙이 소중한 새끼야
기죽지 말고 어깨 펴고 고개 빳빳이 들거라
봉투에 풀칠하다 말고 새끼 얼굴 한 번 더 만져 봅니다
고것 누굴 닮았는지 까슬까슬한 게 좋기만 하네요
이제 시집보내지 않겠습니다

다들 치열하게 산다

술 왜 마시냐고 묻지 마라
밥 먹는 것과 같다
고파서 먹는 것이다

배고프면 뱃속에서 소리 나듯
술 고파도 가슴에서 소리 난다
그 신호가 같은 것이다

배고픈 사람들이 식당으로 몰려간다
술 고픈 사람들이 술집으로 몰려간다
다들 치열하게 산다

시집보냈습니다

시집보내지 않겠다는 시를 쓰고 나서
시집을 보내지는 않았는데
딸이 시집을 가겠다고 수숫대처럼 비쩍 마른
사내 하나를 데리고 왔습니다.
아내는 배추 전을 부친다고 분주하고
나는 배추 뽑은 밭에 물 줍니다
흙이 파헤쳐진 상처에 사정없이 물을 뿌립니다
흙물이 옷에 튀었습니다
수숫대처럼 비쩍 마른 사내 같은 바람이
덜컥 멱살을 잡습니다
시집보내지 않겠다고 시를 쓰고 나서
한 번도 시집을 보내지는 않았는데
딸을 시집보냈습니다
보낸 것들의 안부가 궁금해 다시 시를 씁니다
물조리로 건조한 가슴에도 물 줍니다
아무래도 시집을 다시 보내야 할 것 같습니다

제 4 부

잘 살아줘서 슬프다

땡초

시퍼런 말은 발갛게 익어서도
한결같은 일갈이다
매섭게 혓바닥을 갈기는 회초리
맞아가며 눈물 콧물 쏟아가며
미각을 점령당한 전쟁 같은 사랑

땡초 2

뚝배기보다 장맛

겉보다 속
외빈내실外賓內實

작은 것이 정밀하고 대차다
단소정한短小精悍

작은 고추가 맵다

적반하장

똥 묻은 개가
먼지 묻은 개를 보고
짖는다 컹컹
이빨조차 더럽다

제 눈에는
다른 개가 더럽다
망막에조차
똥 묻은 까닭이다

컹컹컹 사람들 세상에도
개 짖는 소리 요란하다
제발 좀 제 모습부터
비춰봤으면 좋겠다

잘 살아줘서 슬프다

악보 같은 비가 내리고
팔분음표 같은 바람이 불고
탱자나무 가시에 앉은 마음이 쭉 찢어지던 날
그날 태양은 무슨 수작을 부렸을까.

썩은 송곳니 같은 오후 네 시를 뽑아 버린 날은
온종일 참 관절이 저리겠다 그만 앉아라
내일은 오늘의 미래라서 슬프지만
여자는 남자의 과거에서 대부분 잘 산다

잘 살아줘서 슬프다

아직은 시간이 있다

나는 고백을 준비하고 그녀는 이별을 생각한다
나는 고백을 그녀는 이별을 위하여 만나야 한다
내가 겨울에 고백을 준비할 때 그녀는 봄에 이별을
통보할지 모른다
나는 고백을 위하여 눈 덮인 벌판을 걸어
그녀에게 갈 것이고
그녀는 이별을 고하고자 새싹을 밟으며
나에게 올 것이다
계절의 교차점에서 만날 우리의 시간은 부정맥이다
아직 건너지 못한 강과 오르지 못한 산의 경계에
눈 발 날리고 꽃이 핀다
아직은 시간이 있고 그 시간만이 현재의 희망이다

언덕의 역사

언덕의 역사는 언덕 이전부터 시작되었다
높은 것들의 제 살 깎기가 아니라 아랫것들의
떠받침이 원인이었다
떨어지거나 떠밀린 것들의 살붙이를 상처라 적고
경계를 언덕이라 불렀다
어느 날 군살로 섬이 된 이름
그마저도 비비고 기어오르기 시작하면서
상처가 도지면 가장 언덕답다고 하였다

비탈에 집

그림 그리는 여자를 사랑하는 시 쓰는 남자가
세 들어 살 집은 비탈이다
비탈에서 비를 맞으며 여자를 기다리거나
목매달거나 바람을 밀어내거나 받아주거나
비탈이다

시 쓰는 남자를 사랑하는 그림 그리는 여자는
세 들어 살지 않는다
양지바른 곳에 새집을 짓고 산다
파랑새이거나 물총새이거나
비탈에는 집을 짓지 않는다

가끔 언덕 위에서 낭떠러지로
추락하는 사랑이 있을 뿐이다

작업실 그녀

작업실에서 그림 그리는 그녀
작업해요 작업하고 있어요
전화하면 그렇게 말하는 그녀
그럴 때마다 그녀와 작업하고 싶어
물감을 바르듯 그녀를 바르고 싶어
아 그녀, 작업실 그녀
작업실에서 작업하는 그녀
작업 중이에요 지금 작업 중이에요
그렇게 말하는 그녀
나는 그녀와 작업하고 싶어
물감을 짜듯 그녀를 듬뿍 짜서
두텁게 덧칠하고 싶어
배경처럼 그녀를 걸어 놓고
그녀를 작업하고 싶어
아직 다 끝나지 않았어요
아직 작업 중이에요
그녀의 작업이 끝나기 전에
그녀의 작업실 문을 열고 싶어

그녀를 벌컥 열고 싶어

그녀의 고양이

토란 이파리 위에 몸 쉬는 이슬
이슬 같은 눈알을 굴리며 밤을 파먹던 이빨
밤새 파먹은 눈알을 새벽에 우르르 쏟아내는
고양이 그녀의 고양이

그녀는 반짝이는 것보다 번득이는 것을
껌벅이는 것보다 쏘아대는 것을
초저녁보다 한 밤중을 새벽을 좋아해

암내를 풍겨서 몰려온 수컷들을
발기발기 찢어버리면 잠들기 좋아
잠이 단 그녀는 고양이를 좋아해

서 있는 것들

마음을 굽히고 돌아온 날은
서 있는 것들이 먹고 싶다

서 있는 성기 서 있는 소주 서 있는 선인장
서 있는 냉장고 서 있는 당신
서 있는 것들을 먹고 잠들면 꿈도 벌떡 발기된다

고개 숙인 새벽이 올 때까지
탱탱하다

오늘 못하면 내일은 안 한다

오늘 못하는 일을 내일 한다고 말하지 마라
오늘 못하는 일은 대부분 내일 안 한다
내일은 오늘 할 일을 여전히 못해서 슬픈
과거인 까닭이다
오늘 할 것은 오늘 하자
얼른 옷 벗어라

탱탱한 희망의 발기

칼국수 안에는 칼이 있다

붕어빵 안에 붕어 없는데 칼국수 안에는 칼 있다
칼국수 집에서 싸움이 붙었다
여자는 남자를 바람둥이라 하고 남자는 여자를
의부증 환자로 내몰더니 서로 찢어지자고 했다
남자는 시켜놓은 칼국수나 먹고 찢어지자고 식식거리는데
여자가 먼저 칼을 뽑아 남자를 베었다
남자의 몸에 칼국수가 피처럼 흘러내렸다
순식간의 일이어서 남자는 비명을 질렀고 여자는 사라졌다
칼국수 안에 칼이 있었다
단칼에 베여 비틀거리는 남자는 구급차에 실려 갔다

낭비라는 말의 낭비

낭비라는 말도 낭비예요

시간은 허비하라고 있듯
질서는 깨뜨리라고 있어요

물론, 섹스는 깨뜨리는 것도 허비하는 것도 아니죠
발칙한 원시적 교감의 절정에서 오는
매우 생산적인 수단
근육부터 달라요

누가 알겠어요 죽기 위해 생명이 있듯
추락을 위해 꿈이 있을 수도 있는 거죠
대부분 추락하는 꿈이 아름다워요 그것 외에 사실
알고 보면 다 너스레예요

이루지 못할 꿈 그걸 꿈꾸는 게 꿈이니까요
기죽지 말아요
꿈꾸지 않는 것보단 나으니까

내일은 내일의 태양이 떠오르잖아요
오늘 실패가 내일은 성공으로 돌아온다고
시작은 초라하지만 결과는 창대하다고
다 뻥이어서 위안이 될 때가 있어요

실패를 포장하기 가장 화려한 포장지는 성공
혹 갈 만하잖아요

사는 거 다 낭비예요
낭비라는 말도 낭비니까
그냥 대충대충 살아요

말없는 생각에도 물주다 보면 당신 키도 자라죠
스스로 발꿈치 쳐들 때 있잖아요

콩 심은 데 콩 나고 팥 심은 데 팥 난다

이웃이 발정 난 암캐를 교미 붙이려 데려 왔다
우리 집 누렁이와 합방시켰더니 원수처럼 으르렁대며
피 터지게 싸울 기세라 암컷을 밖에 묶어 두었다
밤중에 개 짖는 소리 요란해 나갔더니 어디서 왔는지
검정 수캐가 누렁이와 싸우고 있었다
누렁이보다 덩치가 크고 힘이 센 놈이었다
누렁이도 필사적으로 싸웠지만 주둥이를 물려 피를 흘렸다
그날 밤 암캐가 어느 놈에게 꼬리를 흔들었는지 모른다
두 달이 지난 뒤 이웃집 개가 검둥이를 낳았다
누렁이 새끼 데려올 집 짓고 헌 이불까지 깔았는데
검둥이라니 이게 무슨 날벼락인가
개밥그릇을 집어 찼더니 아내가 말했다
콩 심은 데 콩 나고 팥 심은 데 팥 나겠지
괜히 속 끓이지 마소
개 할아비 되겠다고 둥둥 떠 있던 마음이
청양 고춧가루를 뒤집어쓴 듯 맵고 쓰렸다
누렁이 밭에 검둥이 났다

반나절 걸려 지은 집을 순식간에 부수었다
아린 손등을 보니 가시하나가 박혀
장갑 위로 붉은 피가 스며들고 있었다
콩 심으면 콩 나는데 콩도 심지 못한 누렁이가
한쪽 다리를 쳐들고 오줌을 갈기고 있었다

| 해설 |

긍정의 시선과 불완전한 화해

성 선 경(시인)

시인詩人이 이루고자 하는 세계의 질서와 우리가 사는 세상의 현실은 늘 불화不和를 이룬다. 이러한 불화 속에서 시인의 시詩는 탄생한다. 김시탁 시인의 시에서 발견되는 다수의 서정은 가야 할 길과 가지 못한 길의 간격이 불화를 이루고 이를 화해하고자 시도하는 과정에서 시적 구성이 이루어진다.

이성적 사고와 감성적 사고의 추돌은 우리가 현실에서 늘 마주하는 갈등으로 머리와 가슴의 그 거리만큼 간격을 두고 있다. 머릿속에서는 충분히 이해가 가능한 일이나 곰곰이 생각하면 가슴으로는 받아들이기 어려운 일들이 도처에 상견된다. 그러나 이러한 현실적 추돌이 가야할 길을 버리고 가지 못하는 길로 이어질 때 우리는 불화

한다.

어머니와 함께 고추를 딴다
푸른 잎들과 대궁 사이로 손을 넣어
빨갛게 익은 고추를 골라
소쿠리에 따 담는다

어머니는 눈이 어두우신지
시퍼런 고추를 자꾸 만지작거리시면서
힐끗힐끗 나를 돌아보시지만
나는 모른 체 고추를 딴다
덜 익은 고추는 그대로 두고
툭 건드리면 떨어질 듯 익은
고추만 딴다

가늘고 시퍼런 줄기에서도
꿈이 달릴 수 있다니
태양에 온몸을 불태우며
제자리에 매달려 영글 수 있다니
고추 고랑에 무릎을 꿇고
끝물 고추를 딴다

얼핏 보니
저 만치서 고추를 따는
고부라진 어머니 등도
발갛게 익어있다.

-「끝물 고추를 따며」(전문)

이 시는 김시탁 시인의 첫 시집 『아름다운 상처』에 실린 시이다. '끝물 고추를 따며' '푸른 잎들과 대궁에 대비되는 끝물 고추' '젊은 나와 늙으신 어머니' '가늘고 시퍼런 줄기와 끝물 고추'의 대비가 '상처와 치유' '부조화와 화해'가 교묘히 어울려 있는 가작이다.

아마 김시탁 시인의 시를 이해하고자 하면 이 시를 분석해보고 가름함으로써 그 출발점과 이르고자 하는 도달점이 읽히지 않을까 한다. 한 편의 시 속에는 그 시인이 닿고자 하는 시적 세계관이 담겨있을 것이고 이는 그 이후의 시에서도 시적 지향점으로 작용할 터이다.

「끝물 고추를 따며」에서 읽히는 시인의 마음은 삶의 비애다. "가늘고 시퍼런 줄기에서도/ 꿈이 달릴 수 있다"는 사실에 느끼는 슬픔이며, 눈이 어두운 어머니가 자꾸만 푸른 고추에 손이 가는 것도 비애이다. 젊은 나와 함께 고추는 따는 늙으신 어머니를 바라보는 시선도 슬프다. 그래서 시인은 "얼핏 보니/ 저 만치서 고추를 따는/ 고부

라진 어머니 등도/ 발갛게 익어” 보인다. 이와 같이 김시탁 시인은 현실의 비애와 치유의 과정을 통해 화해의 세계로 나아가고자 한다. 김시탁 시인의 이러한 시 세계에 대해 조완호 평론가는 그의 첫 시집 『아름다운 상처』의 해설에서 이렇게 언급했다.

“김시탁은 일상의 현실과 그의 예술적 열정, 즉 삶의 새로운 목표로 설정된 시가 자기 안에서 분리되어 별개의 상태로 존재하기를 원하지 않는다. 실은 단지 원하지 않는 정도가 아니라, 자신의 내면에서 완전히 하나로 통합됨으로써 일체 모두가 혈육 이상의 인연으로 다시 태어날 수 있기를 갈망하는 시인이다. 그 이유는 이상과 현실이 합일된 보다 확장된 세계속에서 일체의 두려움을 털어내고 언제까지라도 안주할 수 있기를 간절히 바라고 있기 때문이다.”

이와 같이 김시탁 시인은 늘 긍정적인 시선으로 현실과의 화해를 시도한다. 이처럼 긍정적인 시선으로의 현실 인식과 불완전한 화해는 김시탁 시인의 시 세계 전편에 흐르는 주류적 서정이라 할 수 있다.

출근길에 팔순 노모의 전화를 받았다
애비야 곰탕 한 솥 끓여놨는디 우짤끼고
올 거 같으모 비닐 봉다리 여노코

안 올거모 마카 도랑에 쏟아 부삐고

이튿날 승용차로 세 시간을 달려
경북 봉화군 춘양면 본가로 곰탕 가지러 갔다
요 질 큰 기 애비 저 봉다리는 누야 요것은 막내
차 조심혀 잠 오믄 질까 대놓고 눈 좀 부치고

묵처럼 굳은 곰탕을 스티로폼 박스에 담아오는데
세 시간 내내 어머니가 뒷자리에 앉아 계셨다
차가 흔들릴 때마다 씨그륵 씨그륵 곰탕이 울었다
차 앞 유리창이 곰탕 국물 같다.

–「곰탕」(전문)

이 시는 팔십 노모의 전화를 받고 시작된다. 내용은 "애비야 곰탕 한 솥 끓여놨는디 우짤끼고" 다 그러자 시인은 "이튿날 승용차로 세 시간을 달려/ 경북 봉화군 춘양면 본가로 곰탕 가지러 갔다" 곰탕 값보다 차비가 더 들었다는 푸념이다. 그러나 어머니의 말씀을 어길 수는 없다. "올 거 같으모 비닐 봉다리 여노코/ 안 올거모 마카 도랑에 쏟아 부삐고"라고 말씀하시는 어머님의 말씀에 결국 굴복하게 되는 불완전한 화해를 하게 된다.

시인은 이 시에서도 '상처와 치유' '부조화와 화해'가

교묘히 어울려 있다. 김시탁 시인의 시를 읽을 때에는 시의 행간을 유심히 읽어야 한다. 표출하는 시적 발현보다 숨겨진 시적 행간이 더 중요하기 때문이다. 가야 할 길과 가지 못한 길의 간격이 불화를 이루고 이를 화해하고자 시도하는 과정이 시적 행간에 숨겨져 있기 때문이다. 화를 내어야 하고 화를 낼만도 하지만 불완전한 화해를 시도 한다. 「끝물 고추를 따며」에서 읽히는 시인의 마음이 이 시에서도 오버랩된다. 김시탁 시인의 시에서 항용 발견되는 시적 상황은 늘 이 불완전한 화해의 시도다.

"거친 멧돼지 숨소리로 전하는 아내의 방식이 싫고/ 그걸 퍼먹으며 까칠한 식욕을 억눌러야 하는/ 우울한 인내가 싫다(곰탕 2)" 싫다고 말하면서도 퍼먹고 "속을 부글부글 끓여봐야/ 뜨거운 맛을 안다// 허옇게 토해내는 거품도 더러는/ 오래 견뎌 낸 생의 눈물 같다는 걸(곰탕 3)" 생각하면서도 거역하지 못하고 결국은 "생이 힘드냐고 묻지 마라/ 곰탕 한 그릇 같이하면 된다/ 허한 속이 든든해지면 된다(곰탕 5)"라고 수긍해버리는 시인의 모습에서 가야할 길과 가지 못한 길의 간격이 불화를 이루고 이를 화해하고자 시도하는 과정이 시적 행간에 숨겨져 있다는 사실을 읽을 수 있다. 이전의 시들과 비교하여보면 「시집보내지않겠습니다」와 「시집보냈습니다」의 대척점에 서있는 두 시편에서 보여주는 것처럼 한동안 자기반성과 환유

換喩의 시 세계에 몰두해오던 김시탁 시인이 이제 지난날의 자기반성과 환유換喩의 세계를 넘어서 화해의 이순耳順 앞에 섰다고 할 수 있다.

> 인도에 걸리고 전깃줄 덮는다고
> 전기톱으로 가지를 잘랐다
> 수도관에 닿는다고 뿌리도 잘랐다
>
> 자라던 키가 멈추니 서 있기도 버거웠다
> 상처가 아물면서 온몸이 뒤틀렸다
>
> 아! 그런데 백화 식당 아저씨
> 펄펄 끓는 물을 붓네요 얼른 죽으라고
> 죽어야 백화 식당 간판 잘 보인다고
>
> 상처투성이 벚나무 전신 화상으로
> 죽어가며 흉터 같은 꽃 피웠네요
>
> 그 꽃 배경으로 백화 식당 아저씨 셀카 찍네요
> 씩 웃는데 배경으로 가오리 찜 돼지두루치기
> 참 먹음직스럽게 잘 나왔네요
>
> –「가로수 죽이기」(전문)

대패삼겹살 고깃집 간판 가리는
무성한 잎의 가로수 그 혈관으로
기름이 휘발유가 흐른다

뿌리를 통해 몸속으로 들어간다
기계가 빽빽하면 기름 치는데
기계도 아닌 나무에 기름 먹인다

대패삼겹살 고깃집 주인 박 씨가 밤중에
땅을 파고 자른 뿌리를 휘발유 통에 담갔다
그러니 날마다 나무는 기름을 먹는 것이다

몸 안에 기름이 찬 나무는 서서히 죽어갔다
공공근로 요원이 죽은 나무를 잘랐다
기름을 먹고도 정작 기름기도 없이 뼈만 앙상했다

대패삼겹살 고기집 주인 박 씨 고기 굽는다
불판위에 지글지글 익는 고기를 먹는 사람들
그 얼굴에는 기름기 번지르하다.

–「가로수 죽이기 2」(전문)

김시탁 시인의 또 다른 특징 중 하나는 부조리한 현실

에 대한 거침없는 고발이다. 어떤 가식이나 꾸밈없이 부조리한 현실을 적나라하게 고발한다. 그의 시 대다수는 부조리한 현실에서 찾는 듯하다. 그러나 일반 상식에 반하는 행동이나 태도에 대해 거침없이 까발리면서도 이를 제지하거나 가로막지 못한다. 오히려 "가오리 찜 돼지 두루치기/ 참 먹음직스럽게 잘 나왔네요" 하면서 불완전한 화해에 이르고 만다.

이러한 시인의 태도는 시집 전편에서 상견되는 바 연작시인 「가로수 죽이기」에 표상적으로 보여준다. "펄펄 끓는 물을 붓네요 얼른 죽으라고/ 죽어야 백화 식당 간판 잘 보인다고" 하는 백화 식당 주인의 행태나 "대패삼겹살 고깃집 주인 박 씨가 밤중에/ 땅을 파고 자른 뿌리를 휘발유 통에 담갔다" 대패삼겹살 주인의 행태를 보면서도 이를 제지하거나 가로막지 못한다. 분노를 속으로 삼키면서 부조리한 현실을 적나라하게 고발할 뿐이다. 이를 제지하는 대신 가오리 찜, 돼지두루치기를 먹거나 대패삼겹살을 묵묵히 먹을 뿐이다.

김시탁 시인의 「가로수 죽이기」에서는 이성적 판단과 심리적 거리감 사이에서 불완전한 동거가 이루어진다. 부조리한 현실을 적나라하게 고발하고 비판을 하나 대안의 제시나 현실에 대한 거부의 몸짓은 시 속의 행간에 숨겨져 있다. 이러한 김시탁 시인의 태도는 세속의 우스개를 시화한 유머 시에 더욱 적나라하게 나타난다.

누가 우스갯소리니까
그냥 흘러들어도 좋다고 한 말
똥통에 빠져서도 죽지 않는 게 있는데
살아서 둥 둥 자유로운 영혼으로 떠다닌다는데
그게 참깨란다
그걸 건져 올려 식자재 마트나 대중식당
기업체 구내식당 같은 곳에 납품한다는데
그 참깨의 원산지가 똥 통 이란다
아무리 우스갯소리라지만 그 말 듣고 참깨를 먹어
고소하게 바삭바삭 씹을 수 있어
깨는 빼고 제발 깨는 뿌리지 마세요
친구 전화받고 나간 선술집 목탁에 앉아
술잔 주고받는데 이게 웬 일 안주가 도토리묵
묵에도 겉절이에도 눈처럼 하얗게 내린 깨
먹어 안주 좀 먹고 술 마시라는 친구 권유에
나무젓가락으로 묵채를 집어 보지만
미끌미끌한 생각에 자꾸 깨가 묻어
안주 빼고 술만 마시며 묵묵부답
먼바다에서 회귀한 연어처럼 식탁으로 돌아와
집단 서식하며 아무 음식에도 착 달라붙는 근성

나무젓가락도 참 잘 피하는 깨 많은 놈

–「깨는 빼고」(전문)

김시탁 시인의 부조리한 현실에 대한 거침없는 고발이 이와 같은 우스개 같은 시를 탄생시켰다. 흡사 세간의 뜬 소문을 시사만평으로 그려낸 듯하다. 시 「깨는 빼고」에 드러난 시인의 태도는 김시탁 시인이 갖는 삶에 대한 태도나 시를 대하는 태도를 모범적으로 보여주는 시라 할 수 있다. "똥통에 빠져서도 죽지 않는 게 있는데/ 살아서 둥 둥 자유로운 영혼으로 떠다닌다는데/ 그게 참깨" 라며 참깨가 뿌려진 안주를 거부한다. "친구 전화받고 나간 선 술집 목탁에 앉아/ 술잔 주고받는데 이게 웬 일 안주가 도토리묵/ 묵에도 겉절이에도 눈처럼 하얗게 내린 깨"다. 이를 어쩌나, 못 본 척할 수도 없고 그렇다고 고함을 칠 수도 없는 이제 갓 60줄에 들어선 60년대 생의 비애와 중년의 허탈한 시름이 고스란히 드러난 시이다.

세상의 소문과 상황 설정의 재미도 빛나지만 깨를 두고 "집단 서식하며 아무 음식에도 착 달라붙는 근성/ 나무젓가락도 참 잘 피하는 깨 많은 놈"이라는 언어유희도 재미있다. 불쑥 손이라도 잡아주고 싶고 함께 허리를 젖혀 호탕하게 웃음을 날리고 싶다.

김시탁 시인의 시에는 이처럼 부조리한 현실을 적나라

하게 고발하고 비판을 하나 대안의 제시나 현실에 대한 거부의 몸짓은 시 속의 행간에 숨겨져 있다. 부정할 수도 긍정할 수도 없이 떠밀려가는 중년의 비애는 이처럼 현실과 불완전한 화해를 꾀하고 있는 것이다. 이러한 김시탁 시인의 태도는 그의 시작노트라고 할 수 있는 '시인의 말' 에서도 드러난다.

> 나이 들면 감성의 발색도 퇴색된다
> 생을 다르게 디자인해도 쉽게 빛나지 않는다
> 환갑 후의 삶은 부록 같고 별첨 같아 씁쓸하다
> 종점을 향하는 발걸음은 당당했으면 좋겠다
> 이제 자신 없을 때는 무엇이든 사랑하자
> 사랑 없이 보낸 시퍼런 세월의 종아리가 이젠
> 야위고 가늘지만 그마저 사랑하자
> '사랑' 말만 깨물어도 눈물겹지 않은가
>
> –「시인의 말」(전문)

시인의 말이란 자서(自序)가 시집을 묶는 작가의 마음이 담긴 글이라면 이 글 속에 담긴 쓸쓸함이 '끝물 고추를 따며' 에서 나타난 비애와 겨룸한다. "환갑 이후의 삶이 부록 같"다면 이 시집의 수확도 끝물 고추 같은 것일 게다.

이러한 현실을 실감한 시인은 "이제 자신 없을 때는 무엇이든 사랑하자/ 사랑 없이 보낸 시퍼런 세월의 종아리가 이젠/ 야위고 가늘지만 그마저 사랑하자/ '사랑' 말만 깨물어도 눈물겹지 않은가" 한다. 그래 사랑하자.

끝물 고추를 따는 농부의 심정으로 사랑하자. 이제는 큰소리 칠 일도 크게 분노할 일도 줄어들 것이다. 부정할 수도 긍정할 수도 없이 떠밀려가는 부록의 인생, 불완전하지만 화해하며 부둥켜안고 가야 할 길 아닌가? 바른말을 곧잘 하는 그도 마침내 이순耳順, 귀가 순해지는 나이. 부조리한 현실도 우스개 같은 삶도 모두 우리가 부둥켜안고 가야 할 삶 아닌가?

그래도 긍정적인 시선을 거두지 않으며 조금씩 양보하여 화해하며 한 걸음 한 걸음 앞으로 앞으로 걸어가 보자. "사랑 없이 보낸 시퍼런 세월의 종아리가 이젠/ 야위고 가늘지만 그마저 사랑하자" 그마저 우리가 안고 가야 할 인생 아닌가. 혹 "그냥 자신 없을 때는 사랑하기로" 하면 꿈속의 무릉도원을 선물처럼 문득 만나게 될지도 모르지 않겠는가. 불쑥 손을 잡아준 그 사람처럼 문득 만나게 될지도 모르지 않겠는가. 시집 출간을 축하한다.

김시탁 약력

- 경북 봉화군 춘양면 출생
- 2001년 문학마을 신인상으로 등단
- 2001년 첫 시집 〈아름다운 상처〉
- 2006년 제 2시집 〈봄의 혈액형은 B형이다〉
- 2013년 제 3시집 〈술 취한 바람을 보았다〉
- 2017년 제 4시집 〈어제에게 미안하다〉
- 2015년 〈술 취한 바람을 보았다〉로 경남문학 우수작품집상 수상
- 2015년 경남 올해의 젊은 작가상 수상
- 2016년 창원시 문화상 수상
- 창원문인협회 회장역임
- 창원예술문화단체총연합회(창원예총) 회장역임
- 가락문학회 회장
- 살메 김태홍 기념사업회 회장
- 포에지창원 시향, 가락문학회, 하로동선 동인으로 활동하고 있다.
- e-mail/ kst3331@hanmail.net
- 주소/ 창원시 의창구 북면 천주로 603